Beschreibung der pergamenischen Bildwerke

Antigonos

Pergamonmuseum

Beschreibung der pergamenischen Bildwerke

Unveränderter Nachdruck der Originalausgabe von 1881.

1. Auflage 2024 | ISBN: 978-3-38655-259-2

Antigonos Verlag ist ein Imprint der Outlook Verlagsgesellschaft mbH.

Verlag: Outlook Verlag GmbH, Zeilweg 44, 60439 Frankfurt, Deutschland, info@outlook-verlag.de
Vertretungsberechtigt: E. Roepke, Zeilweg 44, 60439 Frankfurt, Deutschland
Druck: Libri Plureos GmbH, Friedensallee 273, 22763 Hamburg, Deutschland

KÖNIGLICHE MUSEEN ZU BERLIN

BESCHREIBUNG

DER

PERGAMENISCHEN BILDWERKE

HERAUSGEGEBEN VON DER GENERALVERWALTUNG

PREIS 10 PFENNIG

BERLIN

WEIDMANNSCHE BUCHHANDLUNG

1881

DER GROSSE ALTARBAU

NACH DER RESTAURATION VON R. BOHN

BESCHREIBUNG

DER

PERGAMENISCHEN
BILDWERKE

HERAUSGEGEBEN VON DER GENERALVERWALTUNG

PREIS 10 PFENNIG

BERLIN

WEIDMANNSCHE BUCHHANDLUNG

1881

Die Ausgrabungen, welche vom September 1878 bis zum März 1880 unter der Leitung Carl Humann's auf der Akropolis von Pergamon (jetzt Bergama) ausgeführt wurden, haben die K. Museen mit einer Fülle von Fundstücken bereichert, deren endgültige Aufstellung erst in einem Neubau möglich sein. wird. Die künstlerisch wie kunstgeschichtlich gleich bedeutenden Hochreliefs, welche der kostbarste Theil dieser neuen Erwerbungen sind, durften aber keinesfalls so lange einer möglichst ungehinderten Betrachtung entzogen bleiben. Sobald also die Arbeit der Reinigung und in der Hauptsache die der Zusammensetzung vollendet werden konnte, sind einzelne Theile in der Rotunde aufgestellt, alles Uebrige sodann in dem assyrischen oder Ostsaale ausgelegt. Nur ganz kleine Bruchstücke sind hiervon ausgeschlossen geblieben.

Was von diesen Hochreliefs hier im Museum in Trümmergestalt für die Nachwelt gesichert worden ist, bildete einst in grossem Zusammenhange den Hauptschmuck eines Prachtbaus, welcher wahrscheinlich unter König Eumenes II (197 bis 159 v. Chr.) errichtet ward.

In der Rotunde ist in einem von der Natur aufgenommenen Aquarell von Christian Wilberg die Ansicht des heutigen Bergama ausgestellt, darauf die Stelle bezeichnet, wo nahe unter der höchsten Höhe der Akropolis der Bau sich erhob und wo Dank Humann's Eifer die Wiederentdeckung seiner Reste uns gelang.

Es war ein Altar unter freiem Himmel, geweiht der Burggöttin Athena, der siegbringenden, wahrscheinlich gemeinsam mit ihrem Vater Zeus, dessen Geburtsstätte die Pergamener auf ihrer Akropolis selbst zu besitzen glaubten. Der eigentliche Opferaltar stand auf einem gewaltigen, vierseitigen, etwa hundert Fuss in jeder Seite messenden Unterbau, in welchem von der einen Seite eine Treppe einschnitt und so zur Altarplateform emporführte. Die Hochreliefs umgaben, wie wir annehmen, auf allen vier Seiten und an den Treppenwangen diesen Unterbau, in verhältnissmässig geringer Höhe über einem Sockel von etwa 2½ Meter sich erhebend, und waren oben unmittelbar bedeckt durch ein von der Plateform mit weiter Ausladung vorspringendes Gesims (s. S. 19). Eine nach aussen geöffnete Halle zierlicher jonischer Säulen krönte den Unterbau und war vermuthlich auf der gegen den eigentlichen Altarplatz gekehrten Seite ihrer Rückwand mit einem zweiten kleineren Reliefstreifen geschmückt, welcher Szenen der pergamenischen Heldensage darstellte. Auch von diesem Friese sind uns Reste erhalten, wie auch von den Architekturtheilen des Baus hinreichend viel um seine Wiederherstellung in der Hauptsache zu sichern*).

Während die Gesammtdarstellung der Hochreliefs im Alterthume für Jedermann als die des Kampfes der Götter gegen die Giganten kenntlich sein musste, kamen dem Verständnisse der einzelnen Figuren beigegebene Inschriften zu Hülfe. Die Namen der Götter standen in der Hohlkehle des Gesimses über den Reliefs, die der Giganten auf einem anlaufenden Gliede unter denselben. Diese Namen sind theils zerstört, theils, auch soweit sie erhalten sind, nur selten als zu bestimmten Figuren gehörig zu erweisen. Aber auch ohne ihre Hülfe erkennen wir manche der Götter leicht, die Namen anderer wird die Forschung suchen, aber schwerlich durchweg finden. Auf dergleichen Versuche beabsichtigen wir hier nicht einzugehen, wie auch über den Platz, den die einzelnen Stücke im Ganzen einnehmen, nur Weniges ganz Gesichertes hier angegeben werden soll. Noch weit weniger wird es möglich sein, die Namen der Giganten zu bestimmen, obwohl die Gestalten derselben auf das Mannigfaltigste individualisirt sind. Während die ältere griechische Kunst sie immer als ganz

---

*) Ausführlichere Angaben sind in einem, auch im Museum käuflichen vorläufigen Berichte über die Ausgrabungen zu Pergamon (Berlin, Weidmannsche Buchhandlung, 1880) zu finden.

menschlich gebildete gerüstete Krieger erscheinen lässt, zeigen uns die pergamenischen Reliefs die verschiedensten Darstellungsformen. Bald gehen ihre Beine in gewaltige Schlangenleiber über, was sie als Söhne der Erde charakterisirt, bald sind sie ganz menschlich gebildet, bald sind sie jugendlich, bald alt, bald nackt, schützen sich mit Fellen und werfen mit Steinen, bald tragen sie Waffenrüstung, bald endlich sind sie geflügelt oder zeigen gar noch kühnere Mischbildungen.

Noch ist zu erwähnen, dass auf dem Architekturgliede unter den Reliefs noch tiefer gestellt als die Gigantennamen die Namen der Künstler des Werks eingeschrieben waren; sie sind aber bis auf ganz geringe Reste zu Grunde gegangen.

Die grosse 2,3o Meter hohe Relieffläche war aus einer Reihe mit scharf schliessenden Fugen neben einander gesetzter Marmorplatten gebildet, die nach oben und unten mit zahlreichen Dübeln verbunden, an den Ecken auch rückwärts mit Klammern an einander gefügt waren. Die Breite dieser Platten schwankt zwischen o,6o und 1,1o Meter, ihre Dicke beträgt gewöhnlich o,5o Meter. Die Platten werden unbearbeitet versetzt und ihr Skulpturenschmuck erst am Gebäude selbst ausgeführt worden sein. Vielfach sind einzelne Theile aus besonderen Stücken angesetzt. Der Marmor ist ein stark crystallinischer, leicht bläulicher, dessen Brüche wir bis jetzt nicht kennen.

Bei der Zerstörung des Baues, welche gewiss schon früher begonnen, in byzantinischer Zeit zu Ende geführt wurde, um das Material zu einer gewaltigen Festungsmauer unterhalb des Altarplatzes zu verwenden, hat sich die Relieffläche wieder in ihre einzelnen Platten aufgelöst, welche, soweit sie in die Festungsmauer gelangten, zwar vielfach beschädigt, doch an ihrer Epidermis durch die Kalkmörteldecke ausserordentlich frisch erhalten sind. Die Spuren der Verwitterung, welcher der Marmor früher am Monument selbst bereits ausgesetzt war, sind hie und da deutlich vorhanden, doch im Ganzen geringfügig. Im Gegensatze gegen die in der Mauer verbaut gewesenen Stücke haben diejenigen, welche im Schutte in der näheren Umgebung des Altars oder weiter abwärts gegen

6

die Festungsmauer hin liegend aufgefunden worden sind,
an ihrer ganzen Oberfläche in einer die Form oft stark be-
einträchtigenden Weise gelitten.

Etwa ein Jahr lang hat der Bildhauer Herr Freres mit
seinen Gehülfen an der Entfernung der Kalkmörteldecke von
den aus der Mauer wieder hervorgezogenen Stücken, sowie
an der Wiederzusammenfügung der Platten und Bruchstücke
gearbeitet; vollständig beendet ist der letztere Theil seiner
Arbeit auch jetzt noch nicht.

In der

Rotunde

sind zwei grosse je aus vier Platten bestehende Gruppen und
vier einzelne Stücke aufgestellt, welche letztere keinen An-
schluss an andere Platten gefunden haben.

Die vor dem Eintretenden zur Linken befindliche Gruppe
zeigt die gewaltige Gestalt des weitausschreitenden Zeus, des
Vaters der Götter; er schüttelt mit der Linken die Aegis, unter
welcher ein jugendlicher Gigant von dem schreckhaften An-
blick getroffen krampfhaft zusammenbricht. Mit dem Blitz in
seiner Rechten holt Zeus gegen einen anderen, besonders mächtigen Giganten*) aus, der rechts im Relief, in Rückenwendung
gesehen, die mit einem Fell umwickelte Linke als Schild dem
Gotte entgegenstreckt und mit der Rechten wohl einen Felsstein zum Wurfe schwang. Thierisch spitze Ohren verstärken
den Eindruck niedrig wilden Charakters. Nach unten geht
sein Leib in zwei Schlangen über; in den Rachen der einen
schlägt hoch von oben der Adler des Zeus seine Kralle.
Links in der Gruppe ist ein mit Schild und Schwert be-
waffneter Gigant auf den Felsboden hingesunken; den Kopf
erhebend und wie flehend die Linke ausstreckend sucht er
sich mit der Rechten zu stützen. Der flammende Blitz hat
ihm den Schenkel völlig durchbohrt.

In der Mitte der anderen Gruppe schreitet Athena, des
Zeus Tochter, stürmisch dahin, nicht wie sonst in geordneter
Schlacht mit der Lanze kämpfend, sondern in wildem Hand-

---

*) Eine Wiederholung der Figur dieses Giganten findet sich auf einem
römischen Relief im Vatikan, dessen Abguss zur Vergleichung hierneben
aufgestellt ist.

gemenge einen jugendkräftig schönen, doppelt geflügelten Giganten an den Haaren schleifend. Die Göttin wird mächtig unterstützt von der ihr heiligen Schlange. Diese hat den Giganten an Armen und Beinen umwunden und versetzt ihm eben in die rechte Brust den tötlichen Biss, dessen Schmerz und der Schreck vor der Göttin den ganzen Körper durchbebt. Die Verwandtschaft des so entstehenden Motivs mit dem des Laokoon ist augenfällig. Von rechts her schwebt zur Athena die Siegesgöttin heran im Begriffe sie zu kränzen. Unten aber erhebt sich mit dem Oberkörper aus dem Boden hervor die Mutter der Giganten, die Erdgöttin selbst, Ge, wie ihr Name links von ihrem Kopfe beigeschrieben steht, auch durch ein Füllhorn zu ihrer Linken noch weiter kenntlich gemacht. Jammernd erhebt sie beide Arme und blickt flehend zur Athena auf. Unten an beiden Enden der Gruppe sind Reste todter Gigantenleiber in voller Rüstung erhalten; auch am rechten untern Ende der Zeusgruppe ist ein am Boden liegender Gigant noch in einem Ueberreste zu erkennen.

In beiden Gruppen, die allem Anscheine nach Gegenstücke im Ganzen der Composition bildeten, dominiren die beiden Hauptgötter der pergamenischen Akropolis, denen auch der Altarbau selbst geweiht gewesen sein dürfte. Die zu diesen Gruppen gehörigen Theile wurden nahe bei einander zu späteren Baulichkeiten verwendet, unweit der Nordostecke des Altarfundamentes gefunden.

In der Rotunde sind ferner aufgestellt: links von der Zeusgruppe die Platte, auf welcher der epheubekränzte Dionysos*) in kurzem, doch reichem Gewande und übergegürtetem Thierfelle, von seinem Panther begleitet, weit ausschreitet und mit der Rechten kämpfend ausholt. Ihm zur Seite eilen zwei viel kleiner gebildete knabenhafte Satyrn, deren Gestalten sich fast decken; sehr deutlich ist das Gesicht des hintern mit Ziegenwarzen am Halse und gesträubtem Haar erhalten. Die Platte befand sich, wie aus sicheren Merkmalen hervorgeht, an einer der Ecken des Baues und zwar nach rechts hin.

*) Das Misverständniss, diese Gestalt des Dionysos für weiblich und dann etwa für Artemis zu halten, die ja ausserdem unzweideutig in Gruppe D dargestellt ist, wolle man vermeiden.

Links neben dieser Platte steht der Rest eines Zweigespanns von Hippokampen, Pferden, die in einen lang geringelten Fischleib ausgehen; das Joch, mit dem sie an den Wagen, man möchte an den des Poseidon denken, geschirrt sind, liegt auf ihrem Nacken. Unten ist Wasser angedeutet.

Auf der gegenüberliegenden Seite der Rotunde rechts neben der Athenagruppe zeigt die erste Platte von besonderer Schönheit der Arbeit eine auf einem Pferde oder, wie Einige wollen, auf einem Maulthiere nach links reitende weibliche Gestalt; es ist vermuthet worden, dass es Selene, die Mondgöttin, sei, welche etwa zu der (am Ende des assyrischen oder Ostsaales ausgelegten) Gruppe (R) des Helios gehören würde.

Hiervon rechts ist eine Platte aufgestellt, die ein über einen toten Giganten hinbrausendes Zweigespann zeigt. Auf dem Wagen, von dem nur Joch und Deichsel erhalten sind, stand ein Gott mit weit vorgestrecktem Schilde und flatterndem Gewande.

Im sogenannten

assyrischen oder Ostsaale

(Eingang vom Heroensaale (II) aus rechts) sind die übrigen Platten der Gigantomachie ausgelegt.

Gleich dem Eingange gegenüber auf der Fensterseite füllt die ersten beiden Interkolumnien ein zusammenhängendes Stück der Composition, dessen Platz am Bau auf der Südostecke gewesen sein wird. Nach beiden Seiten, nach Osten und nach Süden hin von der Ecke aus, sind es Lichtgottheiten, welche im Kampfe mit Giganten begriffen erscheinen: Hekate und Artemis, von ihren Hunden begleitet, sind völlig sicher zu erkennen. Wir folgen beschreibend den einzelnen Gruppen, die zum leichteren Auffinden mit beigesetzten Buchstaben bezeichnet sind.

In Gruppe A stürmt eine Göttin mit langen Locken und Diadem, mit eigenthümlich knitterigem (seidenem?) Gewande, eine brennende Fackel schwingend gegen einen entsetzt zurückweichenden Giganten, der in der Rechten irgend eine Waffe erhob; derselbe ist menschenbeinig, doch geflügelt und überdies mit Abzeichen versehen wie sie sonst nur den Tritonen und andern Seewesen zukommen, mit kurzen Hörnern, mit spitzen Ohren, welche in Seegewächs auslaufen, das auch an den Flügeln sich einmischt. Links unten stürzt eben ein jugendlicher Gigant von tötlicher Waffe, wahrscheinlich einem Pfeile, in die Brust getroffen zu Boden. Der Kopf mit lang herabhängendem Haar, voll unbändig wilder Kraft, doch sterbend hinsinkend, ist von hervorragender Ausführung. Der Gott, der ihn getroffen, ist vielleicht Apollo (Gruppe Q), der hier in der Nähe der ihm verwandten Götter vermuthet werden darf. Rechts folgt

B. Eine Göttin mit kurzem flatterndem Mantel tritt mit dem linken Fusse auf das Schlangenbein eines Giganten, den sie mit der Linken am Haare zurückgerissen zu haben scheint, während sie ihn mit dem Schwerte in der Rechten niederzustossen im Begriffe ist. Sie wird unterstützt von einem Hunde der gleichen Raçe wie die beiden weiter rechts um die Ecke am Kampfe Theil nehmenden. Es folgt auf der Ostseite des Baues Gruppe

C. Ein Gigant, dessen trefflich erhaltener Kopf einem bekannten Typus des Poseidon auffallend ähnlich sieht, erhebt mit beiden Armen über dem Kopfe einen Felsblock, um ihn gegen die ihn bedrohende Göttin zu schleudern, deren Hund ihn in den Schenkel beisst. Die Göttin ist Hekate, die bekanntlich dreigestaltig gebildet zu werden pflegte; sie ist es auch hier, doch decken sich die drei Gestalten so, dass von der hintersten nur der Hinterkopf, und von der mittleren das Gesicht, dessen oberer Theil mit Eisenstiften besonders angesetzt war, sichtbar ist; deutlich sind dagegen die drei rechten Arme mit Fackel, Schwert und noch einer eigenthümlich gebildeten Waffe, etwa einer Lanze, sowie zwei linke mit Schild und Schwertscheide.

Die folgende Gruppe D zeigt einen jugendlich schönen Giganten mit Helm und Schild, der in der Rechten das Schwert zückte gegen die Göttin Artemis, die von rechtsher eben den Bogen auf ihn abzuschiessen im Begriffe war; sie tritt mit dem rechten Fusse auf die Brust eines tot an der Erde liegenden menschlich gebildeten Giganten; den linken Arm mit dem Bogen streckte sie weit vor und zog mit der rechten die Sehne an; der linke Arm sowol als der grösste Theil des Köchers auf dem Rücken waren besonders angesetzt. Die Göttin hat sich aus zahlreichen Stücken zusammenfügen lassen; kleine Fragmente des flatternden Gewandes sind daneben gelegt. Zwischen Artemis und ihrem Gegner ist uns eine der besten Figuren des Frieses erhalten in dem schlangenbeinigen ältern Giganten von kräftigster Bildung, der von einem der drei Hunde in den Nacken gebissen im Todeskampfe hinsinkt; kraftlos und halb mechanisch greift die Rechte nach der Ursache des Schmerzes, dem Kopfe des Hundes, und matt hängt die linke Hand herab.

Nach rechts folgte auf Artemis eine langbekleidete Göttin, deren rechter Fuss erhalten ist, der jedoch nicht der danebengelegte Torso E angehört; seine Stelle ist noch ungewiss; er zeigt eine Göttin mit kurzem flatterndem Mantel, die weitausschreitend eine Fackel (wol mit beiden Händen) vor sich hielt, um damit einen Stoss gegen einen Giganten auszuführen.

Wieder eine längere Folge aneinanderstossender Platten (F—K) beginnt mit Gruppe F, die rechts von einer Ecke, nach den Fundumständen wahrscheinlich rechts der Nordostecke sass. Wir sehen zunächst eine Göttin, deren schöne Formen unter dem dünnen sich anschmiegenden Gewande deutlich hervortreten; bewaffnet mit einem Schilde am linken Arme zückte sie mit der Rechten wahrscheinlich das Schwert, dessen leere Scheide ihr an der Seite hängt. Einem jugendlichen Giganten, der über einen Leichnam weg rücklings gestürzt ist, tritt sie mit dem linken Fusse ins Gesicht.

G. Ueber diesen Gefallenen hebt sich ein jugendlicher Gigant, mit Flügeln und Schlangenbeinen ausgestattet, vielleicht Felsstücke oder einen Baumast in den Händen, gegen die Göttin mit langen Locken rechts, die zwar erschreckt zurückweicht, doch den Blick auf den Gegner geheftet mit der zurückgeschwungnen Rechten (Ansatz auf der Brust) zu einem Schlage mit dem Schwerte ausholt, dessen Scheide sie in der Linken hält. — Ueber dem Giganten links fliegt ein Adler, wol im Kampfe mit der Gigantenschlange darunter. Es folgt

H, die Gruppe eines stehenden Gottes mit Schild und einem flatternden kleinen Shawl, der mit der Rechten zu einem Stosse, wahrscheinlich mit der Lanze, gegen einen auf ein Knie gestürzten Giganten ausholt, der, ebenfalls mit einem Schilde bewaffnet, die Rechte abwehrend gegen den Gott erhob. So allgemein und gewöhnlich die Composition dieser Gruppe ist, so originell ist die der folgenden.

I. Ein mächtiger Gigant hat einen jugendlichen Gott mit beiden Armen von hinten um die Mitte des Leibes gefasst und ihn von der Erde gehoben, um ihn an seiner Brust zu erdrücken; der Gott wehrt sich mit Händen und Füssen, doch letztere werden von den Schlangenbeinen des Giganten umschlungen, und in den einen Schild haltenden linken Arm beisst das Ungeheuer wüthend; so bleibt dem bedrängten Gotte nur die rechte Hand, in der er eine Waffe zum Stosse gefasst hält. — Das Stück mit dem Kopfe des Giganten ist eines der zu allererst schon vor Jahren nach Berlin gebrachten; der verschiedene Erhaltungszustand der in der Erde verwitterten und der in der Mauer verbaut gewesenen Stücke ist an dieser Gruppe besonders deutlich zu sehen.

Nur ein Rest ist noch von der anschliessenden Gruppe K erhalten: der mit dem rechten Beine weit nach links über einen am Boden liegenden bewaffneten Giganten weg schreitende Herakles, der, das Löwenfell um die Brust geknüpft, das, wie es scheint, auch den Kopf bedeckt, mit beiden Fäusten seine Keule zu einem gewaltigen Schlage nach rechts vom Beschauer hin schwingt.

Ein neuer Gruppenzusammenhang beginnt mit L und geht bis O.

L. Eine jugendliche geflügelte Göttin hat einen Giganten ereilt; sie tritt ihm mit dem rechten Fusse von hinten auf das Schlangenbein und reisst ihn mit der Linken zugleich an den Haaren zurück, um ihm mit der Rechten eine kurze Lanze von oben in die Brust zu stossen und zwar gerade zwischen Schlüsselbein und Schulterknochen; tötlich getroffen schreit der Gigant mit weit geöffnetem Munde laut auf.

Es folgt (M) der Kampf eines Gottes in kurzem, die rechte Brust freilassendem Chiton mit einem völlig gerüsteten gepanzerten Giganten; beide stossen mit den vorgestreckten Schilden gegen einander; der von hinten gesehene Gigant ist im Begriffe einen Wurfspeer, den er an der Schlinge fasst, zu schleudern; auch der Gott schwang wol in der Rechten die Lanze zum Stosse. Zwischen Beiden ist ein jugendlicher nackter Gigant zur Erde gesunken und scheint sich nur mit der aufgestützten Linken noch aufrecht zu erhalten. Der Schildrand des Kämpfers, den wir für den Giganten genommen haben, ist mit Blitzen geschmückt. Am Schildgriffe des Gegners der Artemis in Gruppe D ist die Aegis mit dem Gorgoneion als Zierrath angebracht.

Sodann folgt unmittelbar eins der schönsten und besterhaltenen Stücke als Hauptfigur der folgenden Gruppe (N): eine Göttin, die in reicher Gewandung, mit flatterndem kurzem Schleier und geknüpften Binden auf dem Kopfe, weit ausschreitend einen vor ihr ins rechte Knie gestürzten bärtigen bewaffneten Giganten mit der Linken am Schildrande fasst. Sie will ihn vom Schilde entblössen und auf ihn Etwas schleudern, das sie in ihrer Rechten schwingt: nichts anderes als ein von einer Schlange umwundnes Gefäss, eine grosse, nach oben unvollständige Hydria. Die Schlange kriecht keineswegs, wie man gemeint hat, aus dem Topfe, sondern windet sich um denselben herum.

Zwischen dieser Gruppe (N) und einer folgenden (O) fehlt wahrscheinlich nur eine Platte, indem das Ende eines Schlangenbeines rechts oben auf der einen Platte von N zu jenem ungeheuerlichen Giganten zu gehören scheint, welcher von der Gruppe O uns erhalten ist. Von riesigem Körperbau, hat er ausser den Schlangenbeinen den mächtigen Nacken eines Buckelochsen und Ohren desselben Thieres; vielleicht, dass der fehlende Theil seines Kopfes auch Hörner des Stieres zeigte. Er stürzt sich mit der ganzen Wucht seines Leibes auf einen Gegner, der ihm mit der Linken das Schwert bis ans Heft in die Brust treibt; das Ungeheuer scheint laut zu brüllen und sein eines Schlangenende windet sich und beisst den Gott voll in die Wade des ausgestreckten linken Beines.

Zwischen N und O liegt ein bisher in keinen Zusammenhang eingeordneter Torso; es ist der eines von hinten gesehenen Giganten, welcher vor Schmerz stöhnt, indem sein Gesicht von brennender Fackel versengt wird.

In einem nähern, obgleich nicht directen und nur durch die Verwandtschaft der Arbeit angezeigten Zusammenhange stehen ferner die Gruppen P und Q.

P. Wie wir soeben Formen des Stieres mit den menschlichen der Giganten vermischt sahen, so hier die des Löwen und zwar so, dass der (ebenfalls schlangenbeinige) Gigant von den Schultern ab in einen vollständigen Löwenhals und Kopf und seine Vorderarme in Löwentatzen übergehen, die er in Bein und Arm des jugendlichen Gottes schlägt, der langlockig und mit einem Schurz um den Leib, das Ungethüm mit beiden Armen umfassend, zu erwürgen versucht.

Eine herrliche Gestalt ist die des Apollon in der folgenden Gruppe Q. Triumphirend steht er da über einen hingesunkenen Giganten, der nur den Oberkörper noch mühsam aufrecht erhält; Apoll bereitet sich zu einem neuen verderblichen Schusse, indem er mit der Rechten eben einen Pfeil aus dem offenen Köcher holt; den Bogen hält er noch in der Linken weit vorgestreckt. Eine Vermuthung über Zusammenhang des Apoll mit der Gruppe A ist oben erwähnt. Von rechts bedroht den Gott ein schlangenbeiniger Gigant, der ein Fell um den linken Arm gewickelt hat und mit der Rechten ausholt; der vom Rücken gesehene Torso desselben passt allerdings nicht unmittelbar an. Ganz ausser Zusammenhang ist der noch weiter rechts ausgelegte männliche Torso, gegenüber aber an der Rückwand des Saales liegt eine Platte (Q 1), die man dem Charakter der Arbeit nach mit der Apollogruppe in nahe Verbindung zu bringen geneigt ist. Es ist der Unterkörper eines toten Giganten, im Hintergrund ein Schild und das untere Ende einer Waffe, wie wir sie auch Hekate führen sahen.

Das Nackte an den Gruppen P und Q ist von einer besonderen Weichheit und Natürlichkeit, frei von jeder Uebertreibung, und selbst die Bewegungen entbehren des sonst hier so häufigen gewaltsamen Charakters.

Am Ende des Saales längs der Schmalseite liegt die stattliche Gruppe des Helios (R); wahrscheinlich befand sie sich mit einer rechts fehlenden Platte an einer Ecke des Baues. Der Sonnengott lenkt seinen mit vier Rossen bespannten Wagen im Aufgange hinter einer Felshöhe empor, nach griechischer Sitte als Wagenlenker ein langes Gewand tragend. Mit der vorgestreckten Linken hält er die Zügel, mit der erhobenen Rechten schwingt er eine Fackel. Unter den Rossen liegt ein todter Gigant. Ein anderer Gigant stellt sich mit einem Fell um die gehobene Linke ihnen in den Weg; er wird mit der Rechten eine Waffe geschwungen haben. Scheu wendet das Pferd einer voranreitenden Göttin den Kopf nach diesem Giganten um und eilt im Galopp nach links. Die Göttin, in reichem wollenem Untergewande und Mantel, dem Wagen des Sonnengottes vorauf, kann, wenn nicht hier an die Mondgöttin zu denken ist, wohl nur die Göttin der Morgenfrühe, Eos, sein, die allerdings sonst nicht reitend, sondern zu Fuss oder zu Wagen und überdies geflügelt gebildet zu werden pflegte. Sie wandte den Kopf, deren oberer Theil besonders aufgesetzt war, ebenfalls nach rechts zurück. Ihr voran zog, wie der Mond beim Sonnenaufgang, gleichfalls zu Ross Selene, wenn die schon oben erwähnte Vermuthung zutrifft (s. S. 8).

Nicht hiermit zusammenhängend ist die weiter rechts ausgelegte Gruppe S. Ein geflügelter bärtiger Gott in kurzem Rocke (Exomis) mit einem andern Gewande um den linken Arm, an dem er den Schild hält, vielleicht Boreas, der gewaltigste der Windgötter, holt mit der über den Kopf erhobenen Rechten zu einem gewaltigen Schwerthiebe gegen einen Giganten aus, der ihn von links bedroht und von dem nur der von Fell umwickelte riesige linke Arm erhalten ist. Rechts ist von der anschliessenden Figur noch der Theil einer weitausschreitenden Göttin in langem Gewande erhalten. Ob der dabeiliegende Oberkörper und Kopf zu ihr gehörte, bleibt dahingestellt.

Wendet man sich nunmehr zurück und geht der Rückwand des Saales entlang, so liegt zunächst dem bereits unter Q erwähnten Fragmente Q 1 die Gruppe

T. Eine Göttin mit vollem Lockenhaare hat mit der Linken einen schlangenbeinigen Giganten am Haare erfasst und schwingt mit der Rechten eine Waffe räthselhafter Form; schrecklich ist die Waffe jedesfalls, denn der

Gigant ist wüthend vor Schmerz. Er kämpft nicht gegen die Göttin, sondern sucht nur sich von ihr loszumachen, indem er mit der Rechten ihr in den linken Oberarm fällt und mit der Linken sich vom Griffe der Göttin, die ihn im Haar gepackt hält, befreien will. Die Gruppe steht übrigens an künstlerischem Werthe am meisten hinter allen übrigen zurück. — Links und rechts schloss sich eine andere weibliche Gottheit an: von der weitausschreitenden links sind nur geringe Reste der Beine da; oben sieht man das Ende eines vielleicht von ihr geschleuderten Wurfspeeres.

Die folgende Göttin (U), langgelockt wie die vorige, tritt mit dem linken Fusse auf die Hüfte eines menschlichen Giganten, der noch mit dem linken Arme den Oberkörper aufstützte und die Rechte abwehrend oder flehend erhob; doch schon stösst ihm die Göttin mit beiden Händen den Speer mit Macht von oben in die Brust.

Die Gruppe V enthält den Rest eines Giganten, der den rechten Fuss wider eine Erhöhung des Bodens und den linken in die Weiche eines Löwen stemmt, welcher ihn niedergeworfen hat, seine Tatze an sein rechtes Kniee legt und mit den Vorderbeinen anspringend, wohl im Kampfe mit den Armen des Giganten war. Ein Gewandzipfel rechts zeigt, dass eine bekleidete, vermuthlich weibliche Gottheit folgte.

W zeigt ein geflügeltes Viergespann, das im Galopp über einen Leichenhaufen dahinfährt; das dritte Pferd (von hinten gezählt) fehlt bis auf die Vorderbeine; das vorderste (vierte) ist auffallend ruhig, etwas anders angeschirrt und wandte den Kopf nach links herum; drei Tote liegen übereinander: von dem einen sieht man nur einen Rest des Panzers, der andere auf das Gesicht gestürzte ist behelmt, doch nackt, der dritte liegt auf dem Rücken zum Theil von seinem Schilde bedeckt. — Ein Viergespann geflügelter Rosse gehört am wahrscheinlichsten dem Zeus und in der Nähe der Zeusgruppe wurde auch das einzige nicht in der Mauer verbaute Stück dieses Gespanns gefunden.

Es folgt X. Eine Göttin mit lang auf den Rücken fallenden Locken mit gesenkter in den Mantel gewickelter Linken, schwingt in der Rechten eine Lanze; doch ein geflügelter

schlangenbeiniger Gigant (von dem aber nur der Arm erhalten
ist) fällt mit dem fellbekleideten linken Arme ihr in die ge-
zückte Lanze. Neben der Göttin her eilt ein Löwe, der einen
Giganten zu Falle gebracht hat, dem er die Tatzen in Schul-
ter und Schenkel schlägt und den linken Arm im Maule zer-
malmt. Rechts ist von der folgenden Gruppe noch ein
schlangenbeiniger Gigant erhalten von gewaltiger Kraft, der
den bärtigen Kopf vorneigt ähnlich wie der Stiergigant (O);
an seinem linken Oberschenkel scheint eine Kralle einzu-
schlagen.

Wahrscheinlich an einer Ecke der Mauer nach rechtshin
befand sich die folgende stattliche Gruppe (Y), bei der man
an die Göttermutter denkt, die grosse Göttin des benachbar-
ten Phrygischen Gebirgs, Rhea-Kybele. Diese wird auch sonst
auf einem Löwen reitend dargestellt, wie sie hier in den
Kampf sprengt; ihr dünner Chiton lässt die Fülle der mächtigen Körperformen hervortreten; ein Mantel umgibt zugleich
als wehender Schleier das Haupt. Einer der Adler, die Zeus
nach allen Seiten als Helfer der Götter ausgesandt zu haben
scheint, hält oben in der Ecke einen von heiligen Binden um-
wundenen Blitz bereit. Unter dem Löwen liegt der Rest eines
toten gepanzerten Giganten. Die Göttin selbst ist, was allerdings für Kybele sonst nicht nachweisbar ist, mit Bogen und
Pfeilen gerüstet; mit der Rechten holt sie eben einen Pfeil
aus dem Köcher. Die grosse Göttin wäre, wie es ihr ziemt,
von Gefolge umgeben. Voran eilt ihr eine Begleiterin mit
segelförmig um die Schultern geblähtem Mantel; sie trägt ein
wollenes Aermelgewand und einen dorischen Chiton darüber.
Dieser wiederum voran schreitet ein nackter bärtiger Mann,
der beide Arme hoch erhebt, offenbar im Kampfe mit einem
rechts zu ergänzenden Giganten, dessen eines Schlangenbein
noch sichtbar ist. Der Mann gehört also zur Begleitung der
Rhea und ist ein göttliches Wesen.

Ein bedeutsamer und für die Rekonstruktion des ganzen
Baues besonders wichtiger Zusammenhang entrollt sich uns
endlich in den Gruppen Z1—Z4. Die treppenförmigen Ein-
schnitte in Z3 und 4 zeigen, dass wir die Bekleidung der
linken Treppenwange vor uns haben; deren vordere Ecke

befindet sich deutlich kenntlich zwischen Z2 und 3 und auch von den um die Ecke folgenden Gruppen sind zwei (Z1 u. 2) erhalten. Wie sich auf beiden Seiten neben der Südostecke hin die Lichtgottheiten im Kampfe aneinander reihen, so erkennen wir hier auf beiden Seiten neben der linken Treppenecke Wassergottheiten.

Von links her beginnend, sehen wir zunächst auf Z1 ein phantastisches Seewesen. Es hat den Vorderkörper eines Pferdes, einen nach unten sich daran schliessenden, lang geringelt zu denkenden Fischleib, menschlichen Oberkörper und seltsame Flügel, nicht aus Federn sondern aus Seegewächsen, oben mit Zähnen oder Schuppen von Seeungeheuern besteckt. Dies Wesen schwang in der Rechten eine Waffe und fällt mit der Linken einem Giganten in den Arm, der von rechts heranstürmt, ein um die Linke gewickeltes Fell wie einen Schild vorstreckend und die Rechte wie zu einem Schwertstosse zückend. Seine Stellung gleicht somit sehr der des Borghesischen Fechters. Der ganze Mittelkörper fehlt zwar, doch ist die Zusammengehörigkeit der Stücke nicht zweifelhaft. Vor ihm, vom ersten Anprall des Seekentauren niedergestürzt, liegt ein jugendlicher Gigant, welcher sich nur mit der (auf den Boden gestützt zu denkenden) Linken aufrecht erhält, doch mit der Rechten über dem Kopfe eine Waffe schwingt. Kopf und Brust dieses Giganten ist eines der zuerst ins Museum gelangten Stücke und wurde damals in den Gesichtstheilen ergänzt.

Es folgt (Z 2) ein schlangenbeiniger Gigant, bedroht von einer gegen ihn stürmenden Göttin in weitem auch ihren linken Arm ganz verhüllenden Gewande, die in der Rechten indess eine Waffe geschwungen haben muss, vor welcher der Gigant zurückbebt, indem er den linken Arm schützend erhebt; in der Rechten hielt er vielleicht einen Felsstein, um ihn gegen die Göttin zu schleudern. Die letztere, an sich nicht kenntlich, dürfte nach einer sehr wahrscheinlichen Combination mit dem auf einem Gesimseckblocke erhaltenen Namen Amphitrite sein, die Königin des Meeres. Die Namensinschriften im Gesimse zeigen, dass von Seegottheiten auch Poseidon selbst, ferner Okeanos und Triton dargestellt waren, doch sind ihre Figuren unter den erhaltenen bis jetzt nicht nachzuweisen. Als zu den Seegöttern gehörend erinnern wir noch an das Hippokampengespann (in der Rotunde).

Um die Ecke folgt am Beginn der Treppenwange (Z 3) zunächst ein bärtiger, dem Gesammteindrucke nach ältlicher Mann, dessen Tracht aus einem bis auf die Füsse reichenden Chiton und einem Mantel darüber besteht, der auf dem Kopfe aber eine hohe Mütze mit oben ausgezacktem, Fischflossen ähnlichem Rande trägt. Sein rechter Arm war besonders angesetzt. Er wird von der ihm vorauf eilenden weiblichen Figur etwas in den Hintergrund gedrängt, die in frischer Jugendkraft den wilden Kampf übernimmt. Sie tritt einem jugendlichen Giganten, dem eben der Bart keimt, auf das eine Schlangenbein, reisst ihn mit der Linken am Haare und schwang mit der Rechten ein Schwert, dessen Scheide ihr an einem Bande an der Seite hing; der waffenlose Gigant fasst krampfhaft mit der Rechten an das Bein der Göttin, mit der Linken ergreift er ihren linken Arm, um seine Haare zu befreien. Die Göttin trägt über wollenem Untergewande mit Aermeln einen etwas kurzen dorischen Chiton und wie aus Fischschuppen oder Seegewächsen gebildete Stiefel, die also wiederum auf eine Beziehung der Göttin zum Wasser deuten.

Abermals ein Paar unter sich jedesfalls sehr nahe verwandter göttlicher Wesen zeigt Gruppe Z 4; hier steht jedoch der Mann voran und die Frau tritt, obwohl mitkämpfend, ganz in den Hintergrund; auch ist nur der Bauch und die rechte Hand, die eine Keule schwingt, von ihr erhalten. Der Mann ist eine überaus kräftige Gestalt in kurzem Gewande (Exomis), aus dem nackt die rechte Brust und der rechte Schenkel mächtig hervortreten. Das kurze Gewand, die breite kräftige Bildung des Gottes führte dazu, ihn Hephästos zu benennen, ohne dass diese Annahme für irgendwie gesichert gelten könnte. Vor diesem Götterpaare flüchten neben der Treppe hinauf mehrere Giganten. Der erste ist ins Knie gesunken; noch ein schlangenbeiniger Gigant ist weiter aufwärts erhalten; er deckt sich mit einem Schilde. Hier folgt eine Lücke, vom geringelten Schlangenbein ausgefüllt zu denken. Ganz rechts oben ist der enge Raum neben der Ecke durch einen Adler gefüllt, der die Schlangen bekämpft.

Dem ganz entsprechend zeigt das gegenüberliegende Ende der rechten Treppenwange, deren Bildwerk überhaupt dem der gegenüberliegenden entsprechend componirt gewesen sein wird, auf der einzigen uns ganz erhaltenen Platte (Z 5), die wir von dieser Seite haben, einen Adler, der seine Krallen in das Maul einer Gigantenschlange schlägt. Die Schlange gehört zum rechten Beine des geflügelten Giganten, der, ein Pantherfell um die Schultern, beide Arme erhebt; er wird von rechts bedroht durch eine brennende Fackel, deren Flammenende erhalten zu sein scheint. Das Detail, namentlich das Gefieder und das Fell des Giganten ist an dieser Platte mit ganz besonderer Sorgfalt gearbeitet. Oben ist auch der Rest der Namensbeischrift des Giganten (Bro . . . .), die hier, wo der Treppe wegen das Glied zunächst unter den Reliefs fortfallen musste, auf die Platte selbst zu stehen kam. Ueber dem Relief ist das Profil des Gesimses in Gips nachgebildet (s. S. 4).

Diese Platte und noch ein winziges Bruchstück des Bildwerks auf der rechten Treppenwange sind gleich links neben der Eingangsthüre des Saales aufgestellt.

Von den nicht zum Altarbau gehörigen Bildwerken, welche bei den Ausgrabungen gefunden sind, ist bis jetzt nur ein weiblicher Kopf ausgestellt und zwar im Heroënsaale, Compartiment XXI. Er ist von ausgezeichneter, der Venus von Melos verwandter Arbeit.

Von diesem Kopfe und von dem jungen Giganten der rechten Treppenwange (Z 5) sind bereits Abgüsse in der Formerei der K. Museen käuflich.

Berlin, Druck von W. Büxenstein.